浦江清像

# 漢魏六朝詩鈔

浦江清 选

北京出版集团公司
北京出版社

浦江清

# 目录

## 汉诗补钞

# 两汉魏晋古诗钞

魏武帝



魏文帝



曹植



王粲



陈琳



徐干



阮籍



左思

## 陶谢诗钞

## 南北朝乐府

## 附：诗·古诗十九首·典论论文资料

# 汉诗补钞

# 漢詩補鈔

## 武帝

**落葉哀蟬曲** 王子年拾遺記曰漢武帝思懷李夫人不可復得時始穿昆靈之池泛翔禽之舟帝自造歌曲使女伶歌之時日已西傾涼風激水女伶歌聲甚遒因賦落葉哀蟬之曲

羅袂兮無聲玉墀兮塵生虛房冷而寂寞落葉依於重扃望彼美之女兮安得感余心之未寧

## 廣川王去

**脩成歌** 漢書崔脩成爲去幸姬後見閉於大置信昭不得久去憐之乃作歌

愁莫愁居無聊心重結意不舒內弗鬱憂哀積上不見天生何益日崔潰時不再顧弃軀死無悔

## 四皓

采芝操

皓天嗟嗟，深谷逶迤，樹木莫莫，高山崔嵬，巖居穴處，以爲幄茵，曄曄紫芝，可以療飢，唐虞往矣，吾當安歸。

韦孟

在鄒詩

微微小子，既耇且陋，豈不牟位，穢我王朝」王朝肅清，唯俊之庭，顧瞻余躬，懼穢此征」（叒而不絜 小雅之作）我之退征，請于天子，天子我恤，矜我髮齒」赫赫天子，明哲且仁，懸車之義，以洎小臣」嗟我小子，豈不懷土，庶我王寤，越遷于魯」（嬈）折既去禰祖，惟懷惟顧，祁祁我徒，戴負盈路」爰戾于鄒，鬋茅作堂，我徦（一作徒）我環，築室于墻，我既遷逝，心存我舊，夢我瀆上，立于王朝」其夢如何，夢爭王室，其爭如何，夢王

我鄉寤其外邦歎其喟兮念我祖考泣涕其漣微微老夫諮
既遷絶洋洋仲尼視我遺烈濟濟鄒魯禮義唯恭誦習絃歌
于異他邦我雖鄙耇心其好而我徒保爾樂亦在而

司馬相如

琴歌二首 挑卓文君之作

鳳兮鳳兮歸故鄉遨遊四海求其凰時未遇兮無所將何悟
今夕兮升斯堂有豔淑女兮字玉臺有在閨房室邇人遐毒我腸何
緣交頸爲鴛鴦胡頡頏兮共翱翔
凰兮凰兮從我棲得託孳尾永爲妃交情通體玉作結心和諧
偶句中夜相從知者誰雙翼俱起翻高飛無感我思玉台作心使余悲

二詩欲使意和見欠者未知其才疑其婦人而示之爲辭耶

息夫躬 字子微哀帝初歷詆公卿上疏論事諸皆險議 免官繫獄仰天大呼絕咽而死

絕命詞 漢書曰躬初待詔數危言高論自恐遭害著絕命詞後數年乃死如其文

玄雲泱鬱將安歸兮鷹隼橫厲鸞徘徊兮矰若浮猋動則機兮叢棘棧棧曷可棲兮發忠忘身自繞罔兮冤頸折翼庸得往兮涕泣流兮萑蘭心結愲兮傷肝虹蜺曜兮日微孽窅冥兮未開痛入天兮嗚呼冤際絕兮誰語仰天高兮自列招上帝兮我察秋風為我吟浮雲為我陰嗟若是兮欲我留撫神龍兮攬其須遊曠迥兮反亡期雄失據兮世我思 嘷語乎去通用留與流不通此叔之按其人則先言讀其詩則言論也

戚夫人

舂歌 一作永巷歌漢書外戚傳曰高帝得定陶戚姬愛幸生趙王如意惠帝立呂后迺令永巷囚戚夫人髡鉗衣赭衣令舂戚夫人舂且歌呂后聞之大怒曰乃欲倚子耶召趙王

子為王，母為虜。終日舂薄暮，常與死為伍。相離三千里，當誰使告汝。殺戚夫人，遂有人彘之禍

虞美人

答項王楚歌

漢兵已略地，四面楚歌聲。大王意氣盡，賤妾何聊生。已似入朝聲唐絕句太

史公但言美人和之，然未另有歌詞

卓文君

白頭吟古 一曰晉樂所奏，與本辭畧有不同

皚如山上雪，皎若雲間月。聞君有兩意，故來相決絕。平生共城中，何嘗斗酒會。今日斗酒會，明旦溝水頭。蹀躞御溝上，溝水東西流。郭東亦有樵，郭西亦有樵。兩樵相推與，無親為誰驕。

淒淒復淒淒嫁娶不須啼願得一心人白頭不相離竹竿何嫋嫋魚尾何離簁男兒欲相知何用錢刀為𪊲如馬噉萁川上高士嘻今日相對樂延年萬歲期

靈帝

招商歌 拾遺記靈帝初平三年遊于西園奏招商之曲以来涼風

涼風起兮日照渠青荷晝偃葉夜舒惟日不足樂有餘清絲流管歌玉鳧舳千年萬歲嘉難踰

張衡

怨篇 文心雕龍明詩張衡怨篇清典可味

猗猗秋蘭植彼中阿有馥其芳有黃其葩雖曰幽深厥美彌嘉之子之遠我勞如何 第二之字一作云

## 同聲歌

邂逅承際會得充君後房情好新交接恐慄若探湯不才勉自竭賤妾職所當綢繆主中饋奉禮助烝嘗思為莞蒻席在下蔽匡牀願為羅衾幬在上衛風霜灑掃清枕席鞮芬以狄香重戶結金扃高下華燈光衣解巾粉御列圖陳枕張素女為我師儀態盈萬方衆夫所希見天老教軒皇樂莫斯夜樂沒齒焉可忘

## 定情歌

大火流兮草虫鳴繁霜降兮草木零秋為期兮時已征思美人兮愁屏營以此定情故屬宋美人感

## 思玄詩衡久太史令當憂及時歎作思玄賦系此詩

天長地久歲不留俟河之清祇懷憂願得遠度以自娛上下無常

窮六區超踰騰躍絶世俗飄飄神舉逞所欲天不可階仙夫稀

柏舟悄悄吝不飛柏松喬高跱孰能離結精遠遊使心攜迴志

朅來從玄淇獲我所求夫何思 詩乘又載平子孔舞賦中云杖修袖以翳面展清声而長歌々曰鸞雄逝兮孤雌翔臨歸風兮思故鄉

朱穆 字公叔暉之孫耽学鋭意講誦拜御史

與劉伯宗絶交詩

北山有鴟不潔其翼飛不正向寢不定息飢則木攬飽則泥伏饕

餮貪汙臭腐是食填腸滿嗉嗜欲無極長鳴呼鳳謂鳳無德

鳳之所趣與子異域永從此訣各自努力 直怨直情虞人數怨

高彪 字義方吳郡人未嘗甚高遊大學博覽經史善屬文

清誡

天長而地久人生則不然又不養以福使全其壽年虛字衿換句乃並勁飲酒
病我性思慮害我神美色伐我命利欲亂我真神明無聊
頼慾毒於家煩中年棄我逝忽若風過山形氣各分離一往不
復還上士悠其病抗志凌雲煙滌塵去穢累飄遊任自然退修
清以淨存吾玄中玄澄心剪思慮泰清不受塵燥穢中有物希
微無形端智慮赫赫盡谷神綿綿存

趙壹字元叔漢陽西縣人

疾邪詩壹持才傲物為鄉黨所擯作疾邪賦中歌此二詩

河清不可俟人命不可延順風激靡草富貴者稱賢文籍雖滿
腹不如一囊錢伊優北堂上骯髒依門邊然矣此子以而大段仍洋乞口末二句言伊優之賤不逢附好而居堂上
骯髒之士乃抱者奇而棄門邊言所係之好惡失宜

勢家多所宜欬唾自成珠被褐懷金玉蘭蕙化為芻賢者雖獨

悟所困在群愚且各守爾分勿復空馳驅哀哉復哀哉此是命

矣夫世人盡由筭無道房斯類千古同然其聲咄々

酈炎字文勝范陽人

見志詩二首

大道夷且長窘路狹且促修翼無卑棲遠趾不步局舒我陵霄羽

奮此千里足超邁絕塵驅倏忽誰能逐有能損物者不受羈勒之樂賢愚豈常類

稟性在清濁富貴有人籍貧賤無天錄通塞苟由己志士不相卜

陳平敖里社韓信釣河曲終居天下宰食此萬鍾祿德音流千載

功名重山嶽

靈芝生河洲動搖因洪波蘭榮一何晚嚴霜瘁其柯哀哉二芳草

不植泰山阿文質道所貴遭时用有嘉绛灌臨衛宰謂誼崇

浮華賢才抑不用遠投荆南沙抱玉乘龍驥不逢樂與和安得

孔仲尼為世陳四科

仲長統 字公理山陽高平人前為荀尚书郎後參丞相曹操軍事獻帝遜位之歲統卒

述志詩二首

飛鳥遺跡蟬蜕亡殼騰蛇棄鱗神龍喪角至人能變達士拔俗

乘雲無轡騁風無足垂露成幃張霄成幄沆瀣當餐九陽代

燭恒星艷珠朝霞潤玉六合之内恣心所欲人事可遺何為局

促 猥俗亂朝鬱鬱不自聊憂蒙仲所謂或欲此于天地之外者句汎作艷歌之步靈衢也

大道雖夯見幾者寡任意無非適物無可古來繞繞黄本作繞繞委曲

如瑣百慮何為至要在我寄愁天上埋憂地下叛散五經滅

棄風雅百家雜碎請用從火杭志山樓西一作游心海左元氣為舟

微風為柁翱翔太清縱意游治初學記載四句云春雲為馬秋風為駟揆之不遠勞之不疾

孔融

六言詩三首

漢家中葉道微董卓作亂乘衰僭上虐下專威萬官惶怖莫違

百姓慘慘心悲

郭李紛爭為非遷都長安思歸瞻望關東可哀夢想曹公歸

來似宜以下首句繫此下

從洛到許巍巍曹公憂國一作輔國無私減去廚膳甘肥群僚率從

祁祁雖得俸祿常飢念我苦寒心悲遂創一體俸之乃名可擬減

失題

歸家酒債多門客粲成作行高談滿四座一日傾千觴又云座上客常滿樽中酒不空

秦嘉

贈婦 字士会隴西人

曖々白日引曜西傾啾々雞雀羣飛赴楹皎々明月煌々列星嚴霜悽愴飛雪覆庭寂々獨居寥々空室飄々桂帳熒々華燭爾不是居帷帳何施爾不是照華燭何為新康拾自側來寫此首一序云云詩而不傳矣

虎賁郎

射烏辭 漢明帝東巡有烏飛鳴乘輿上虎賁郎射中之遂作辭云云帝賜百萬錢令亭壁皆畫烏

烏々啞々引弓射洞左腋陛下壽萬年臣為二千石

蔡琰 字文姬邕之女也博學有才辯適河東衛仲道夫亡無子歸寧于家興平中天下喪亂姬為胡騎所獲沒于南匈奴左賢王在胡中十二年生二子曹操痛邕無嗣乃遣使者以金璧贖之而重嫁陳留董祀

悲憤詩 共二首古詩源錄其一今補錄其第二首

嗟薄祐兮遭世患宗族殄兮門戶單身執略兮入西關歷險阻兮
之羌蠻山谷眇兮路漫々眷東顧兮但悲歎冥當寢兮不能安
饑當食兮不能餐常流涕兮眥不乾薄志節兮念死難雖苟
活兮無形顏（真諸東痛）惟彼方兮遠陽精陰氣凝兮雪夏零沙漠
壅兮塵冥々有草木兮春不榮人似禽兮食臭腥言兜離兮
狀窈停歲聿暮兮時邁征夜悠長兮禁門扃不能寐兮起
屏營登胡殿兮臨廣庭玄雲合兮翳月星北風厲兮肅泠々
（名用雅語商之八佾法實金角餘）胡笳動兮邊馬鳴孤雁單兮歸兮聲嚶々樂人
興兮彈琴箏音相和兮悲且清心吐思兮胸憤盈欲舒氣兮
恐彼驚含哀咽兮涕沾頸家既迎兮當歸寧臨長路兮捐所
生兒呼母兮啼失聲我掩耳兮不忍聽追持我兮走煢々頓

復起兮毀顏形還顧之之兮破人情心怛絕兮死復生其詩一首仲湄多有

其妙丸山和十八拍非之此文姬自為矣

## 胡笳十八拍

我生之初尚無為我生之後漢祚衰天不仁兮降亂離地不仁兮使我逢此時干戈日尋兮道路危民卒流亡兮共悲哀悲煙塵蔽野兮胡虜盛志意乖兮節義虧對殊俗兮非我宜遭惡辱兮當告誰笳一會兮琴一拍心憤怨兮無人知

戎羯逼我兮為室家將我行兮向天涯雲山萬重兮歸路遐疾風千里兮揚塵沙人多暴猛兮如虺蛇控弦被甲兮為驕奢兩拍張弦兮弦欲絕志摧心折兮自悲嗟

越漢國兮入胡城亡家失身兮不如無生氈裘為裳兮骨肉震驚

羯羶為味兮枉過我情撤入鞞鼓喧兮從夜達明（一從字便滿色）胡風浩々兮

暗塞營傷今感昔兮三拍成銜悲畜恨兮何時平

無日無夜兮不思我鄉土稟氣含生兮莫過我最苦天災國亂兮

人無主唯我薄命兮沒戎虜殊俗心異兮身難處（嗎抹入徵）嗜欲不同

兮誰可與語尋思涉歷兮多艱阻四拍成兮益淒楚

雁南征兮欲寄邊聲雁北歸兮為得漢音雁飛高兮邈難尋

（連起三雁字）空斷腸兮思愔々攢眉向月兮撫雅琴五拍泠々兮意彌

深

冰霜凜々兮身苦寒飢對肉酪兮不能餐夜聞隴水兮聲嗚

咽朝見長城兮路杳漫追思往日兮行李難六拍悲來兮欲罷

彈

日暮風悲兮邊聲四起，不知愁心兮説向誰是？原野蕭條兮烽戍萬里，俗賤老弱兮少壯爲美。逐有水草兮安家葺壘，牛羊滿野兮聚如蜂蟻。草盡水竭兮羊馬皆徙，七拍流恨兮何居惡居于此（此拍渾樸真至，不得之漢人不能矣）。

爲天有眼兮何不見我獨漂流？爲神有靈兮何事處我天南海北頭？我不負天兮天何配我殊匹？我不負神兮神何殛我越荒州？製茲八拍兮擬排優，何知曲成兮心轉愁（俚而拖沓，句亦甚排，真類于俳優矣）。

天無涯兮地無邊，我心愁兮亦復然。生倏忽兮如白駒之過隙，然不得歡樂兮當我之盛年（爲歡當及時，古人所歎如是而已，一部漢魏樂府此之謂，仍要盡之）。怨兮欲問天，天蒼蒼兮上無緣。舉頭仰望兮空雲煙，九拍懷情兮誰與傳？

城頭烽火不曾滅，疆場征戰何時歇？殺氣朝朝衝塞門，胡風夜夜吹邊月故鄉隔兮音塵絕哭無聲兮氣將咽一生辛苦兮緣離別（一生句悱惻婉約歷之乃能言之）十拍悲深兮淚成血（人多病此拍大類唐律從入手氣味韓駁正未足深譏者亍濩手書自知之）

我非貪生而惡死不能捐身兮心有以生仍冀得兮歸桑梓死當埋骨兮長已矣（寫出至情亦真亦苦）日居月諸兮（一作日月居諸兮）在戎壘胡人寵我兮有二子鞠之育之兮不羞恥愍之念之兮生長邊鄙十有一拍兮因茲起哀響纏綿兮徹心髓（愍之念之句更是開話）

東風應律兮暖氣多知是漢家天子兮布陽和羌胡蹈舞兮共謳歌兩國交歡兮罷兵戈忽遇漢使兮稱近詔遣千金兮贖妾身喜得生還兮逢聖君嗟別稚子兮會無因十有二拍兮哀樂均去住兩情兮難具陳（至情以雅語出之遂更婉篤）

不謂殘生兮却得旋歸撫抱胡兒兮泣下沾衣漢使迎我兮四牡騑
々號失聲兮誰得知與我生死兮逢此時愁為子兮日無光輝焉
得羽翼兮將汝歸一步一遠兮足難移（高漢以晚天霜角一奏而征鴻嘹空）魂消影絕兮
恩愛遺十有三拍兮絃急調悲肝腸攪刺兮人莫我知
身歸國兮兒莫之隨心懸々兮常如饑（真語〻以雅）四時萬物兮有盛衰
唯我愁苦兮不暫移山高地闊兮見汝無期更深夜闌兮夢汝來
斯夢中執手兮一喜一悲覺後痛我心兮無休歇時十有四拍兮涕
淚交垂河水東流兮心是思（怨以雅諸結）
十五拍兮節調促氣塡胸兮誰識曲處穹廬兮偶殊俗願得歸
來兮天從欲再還漢國兮懽心足心有懷兮愁轉深日月無私兮
曾不照臨子母離兮意難任同天隔越兮如商參生死不相知

兮何處尋（甚摯悽傷如泣如訴）
十六拍兮思茫茫我與兒兮各一方日東月西兮徒相望不得相
隨兮空斷腸對萱草兮憂不忘彈鳴琴兮情何傷今別子兮歸故
鄉舊怨平兮新怨長（正取其雅）泣血仰頭兮訴蒼蒼胡為生兮獨罹此
殃
十七拍兮心鼻酸關山阻修兮行路難去時懷土兮心無緒來時別
兒兮思漫漫塞上黃蒿兮枝枯葉乾沙場白骨兮刀痕箭瘢
（去肉以下四句乃所云排句也尤妙處矣）風霜凜凜兮春夏寒人馬饑豗兮筋力單豈知重得
兮入長安歎息欲絕兮淚闌干（欲使雅）
胡笳本自出胡中緣琴翻出音律同十八拍兮曲雖終響有餘兮思
無窮（何用辨從憂無事乃）是知絲竹兮均造化之功哀樂各隨人心兮有變則通

# 两汉魏晋古诗钞

古詩

行行重行行與君生別離相去萬餘里各在天一涯道路阻且長會面安可知胡馬依北風越鳥巢南枝相去日已遠衣帶日已緩浮雲蔽白日遊子不顧返思君令人老歲月忽已晚弃捐勿復道努力加餐飯 玉台新詠作枚乘雜詩

青青河畔草鬱々園中柳盈盈樓上女皎々當牕牖娥娥紅粉粧纖々出素手昔為倡家女今為蕩子婦蕩子行不歸空牀難獨守 仝上

青青陵上柏磊磊澗中石人生天地間忽如遠行客斗酒相娛樂聊厚不為薄驅車策駑馬遊戲宛與洛洛中何鬱々冠

帶自相索長衢羅夾巷王侯多第宅兩宮遙相望雙闕百餘
尺極宴娛心意戚戚何所迫 玉台缺
今日良宴會歡樂難具陳彈箏奮逸響新聲妙入神令德唱
高言識曲聽其真齊心同所願含意俱未申人生寄一世奄
忽若飈塵何不策高足先據要路津無為守窮賤轗軻長苦
辛 仝上
西北有高樓上與浮雲齊交疏結綺窗阿閣三重階上有絃
歌聲音響一何悲誰能為此曲無乃杞梁妻清商隨風發中
曲正徘徊一彈再三歎慷慨有餘哀不惜歌者苦但傷知音
稀願為雙鳴鶴奮翅起高飛 玉台作枚乘

涉江采芙蓉蘭澤多芳草采之欲遺誰所思在遠道還顧望舊鄉長路漫浩浩同心而離居憂傷以終老 玉台枚乘

明月皎夜光促織鳴東壁玉衡指孟冬衆星何歷々白露沾野草時節忽復易秋蟬鳴樹間玄鳥逝安適昔我同門友高舉振六翮不念攜手好棄我如遺跡南箕北有斗牽牛不負軛良無盤石固虛名復何益 玉台缺

冉々孤生竹結根泰山阿與君為新婚兔絲附女蘿兔絲生有時夫婦會有宜千里遠結婚悠々隔山陂思君令人老軒車來何遲傷彼蕙蘭花含英揚光輝過時而不采將隨秋草萎君亮執高節賤妾亦何為 玉台新詠作古詩

庭中有奇樹綠葉發華滋攀條折其榮將以遺所思馨香盈
懷袖路遠莫致之此物何足貢但感別經時　玉台枚乘
迢〻牽牛星皎〻河漢女纖〻擢素手札札弄機杼終日不
成章泣涕零如雨河漢清且淺相去復幾許盈〻一水間脈
脈不得語　仝上
迴車駕言邁悠悠涉長道四顧何茫茫東風搖百草所遇無
故物焉得不速老盛衰各有時立身苦不早人生非金石豈
能長壽考奄忽隨物化榮名以為寶　玉台缺
東城高且長逶迤自相屬迴風動地起秋草萋已綠四時更
變化歲暮一何速晨風懷苦心蟋蟀傷局促蕩滌放情志何

為自結束燕趙多佳人美者顏如玉被服羅裳衣當戶理清
曲音響一何悲絃急知柱促馳情整中帶沈吟聊躑躅思為
雙飛燕銜泥巢君屋　玉台枚乘

驅車上東門遙望郭北墓白楊何蕭〻松柏夾廣路下有陳
死人杳杳即長暮潛寐黃泉下千載永不寤浩〻陰陽移年
命如朝露人生忽如寄壽無金石固萬歲更相送聖賢莫能
度服食求神仙多為藥所誤不如飲美酒被服紈與素　玉台枚

去者日以疏生者日以親出郭門直視但見丘與墳古墓犂
為田松柏摧為薪白楊多悲風蕭〻愁殺人思還故里閭欲
歸道無因　仝上

生年不滿百常懷千歲憂晝短苦夜長何不秉燭遊為樂當及
及時何能待來茲愚者愛惜費但為後世嗤仙人王子喬難
可與等期　仝上

凜凜歲云暮螻蛄夕鳴悲涼風率已厲遊子寒無衣錦衾遺
洛浦同袍與我違獨宿累長夜夢想見容輝良人惟古懽枉
駕惠前綏願得常巧笑携手同車歸既來不須臾又不處重
闈亮無晨風翼焉能凌風飛眄睞以適意引領遙相睎徙倚
懷感傷垂涕沾雙扉　玉台作古詩

孟冬寒氣至北風何慘慄愁多知夜長仰觀衆星列三五明
月滿四五詹兔缺客從遠方來遺我一書札上言長相思下

言久離別置書懷袖中三歲字不滅一心抱區區懼君不識

察　玉台作古詩

客從遠方來遺我一端綺相去萬餘里故人心尚爾文綵雙

鴛鴦裁為合懽被著以長相思緣以結不解以膠投漆中誰

能別離此　仝上

明月何皎皎照我羅床幃憂愁不能寐攬衣起徘徊客行雖

云樂不如早旋歸出戶獨彷徨愁思當告誰引領還入房淚

下沾裳衣　以上文選古詩十九首　此首玉台作枚乘

蘭若生春陽涉冬猶盛滋願言追昔愛情款感四時美人在

雲端天路隔無期夜光照　陰長歎戀所思誰謂我無憂積

念發狂癡

玉台新詠 枚乘雜詩

上山采蘼蕪下山逢故夫長跪問故夫新人復何如新人雖言好未若故人姝顏色類相似手爪不相如新人從門入故人從閤去新人工織縑故人工織素織縑日一匹織素五丈餘將縑來比素新人不如故

四座且莫諠願聽歌一言請說銅鑪器崔嵬象南山上枝似松柏下根據銅盤雕文各異類離婁自相聯誰能為此器公輸與魯班朱火然其中青煙颺其間從風入君懷四坐莫不歎香風難久居空令蕙草殘

悲與親友別氣結不能言贈子以自愛道遠會見難人生無

幾時顛沛在其間念子棄我去新心有所歡結志青雲上何
時復來還
穆穆清風至吹我羅裳裾青袍似春草長條隨風舒朝登津
梁上褰裳望所思安得抱柱信皎日以爲期　以上玉台新詠古詩
昭明文選古詩十九首玉台新詠古詩八首枚乘雜詩九首合而去其重得二十四首

李陵

與蘇武三首　見文選

良時不再至離別在須臾屏營衢路側執手野踟躕仰視浮
雲馳奄忽互相踰風波一失所各在天一隅長當從此別且
復立斯須欲因晨風發送子以賤軀

嘉會難再遇三載為千秋臨河濯長纓念子悵悠々遠望悲風
至對酒不能酬行人懷往路何以慰我愁獨有盈觴酒與子结
綢繆
携手上河梁遊子暮何之徘徊蹊路側悢々不得辭行人難久
留各言長相思安知非日月弦望自有時努力崇明德皓首以
為期

蘇武

詩四首 見文選

骨肉緣枝葉结交亦相因四海皆兄弟誰為行路人況我連枝
樹與子同一身昔為鴛與鴦今為參與辰昔者常相近邈若胡

與秦惟念當離别恩情日以新鹿鳴思野草可以喻嘉賓我有
一罇酒欲以贈遠人願子留斟酌叙此平生親
黄鵠一遠别千里顧徘徊胡馬失其羣思心常依依何况雙飛
龍羽翼臨當乖幸有絃歌曲可以喻中懷請為遊子吟泠泠一
何悲絲竹厲清聲慷慨有餘哀長歌正激烈中心愴以摧欲展
清商曲念子不能歸俛仰内傷心淚下不可揮願為雙黄鵠送
子俱遠飛

結髮為夫妻恩愛兩不疑歡娱在今夕嬿婉及良時征夫懷往
路起視夜何其參辰皆已沒去去從此辭行役在戰場相見未
有期握手一長歎淚為生别滋努力愛春華莫忘歡樂時生當

復來歸死當長相思

燭燭晨明月馥馥我蘭芳芬馨良夜發隨風聞我堂征夫懷遠路遊子戀故鄉寒冬十二月晨起踐嚴霜俯觀江漢流仰視浮雲翔良友遠離別各在天一方山海隔中州相去悠且長嘉會難兩遇懽樂殊未央願君崇令德隨時愛景光

班婕妤

怨歌行 文選李注五言歌錄曰怨歌行古辭然言古者有此曲而班婕妤擬之 婕妤帝初即位選入後宮始為少使俄而大幸為婕妤居增成舍後趙飛燕寵盛婕妤失寵希復進見成帝崩婕妤充園陵薨

○婕妤后妃之位也名也婕妤左曹越騎校尉況之女彪之姑少有才學

○玉台新詠作怨詩有序云昔漢成帝班婕妤失寵供養于長信宮乃作賦自傷并為怨詩一首

新裂齊紈素皎（玉台作鮮）潔如霜雪裁為合歡扇團團似明月出入君懷袖動搖微風發常恐秋節至涼風奪炎熱棄捐篋笥中恩情中道絕

張衡

四愁詩

見文選、序略云、張衡鬱鬱不得志為四愁詩、屈原以美人為君子、以珍寶為仁義、以水深雪雰為小人、思以道術相報貽於時君、而懼讒邪不得以通、其辭曰、

我所思兮在太山欲往從之梁父艱側身東望涕霑翰美人贈我金錯刀何以報之英瓊瑤路遠莫致倚逍遙何為懷憂心煩勞

我所思兮在桂林欲往從之湘水深側身南望涕沾襟美人贈
我金琅玕何以報之雙玉盤路遠莫致倚惆悵何為懷憂心煩
傷
我所思兮在漢陽欲往從之隴阪長側身西望涕沾裳美人贈
我貂襜褕何以報之明月珠路遠莫致倚踟躕何為煩憂心煩
紆
我所思兮在鴈門欲往從之雪紛紛側身北望涕沾巾美人贈
我錦繡段何以報之青玉案路遠莫致倚增歎何為懷憂心煩
惋

辛延年

羽林郎

昔有霍家奴姓馮名子都依倚將軍勢調笑酒家胡胡姬年
十五春日獨當壚長裾連理帶廣袖合歡襦頭上藍田玉耳
後大秦珠兩鬟何窈窕一世良所無一鬟五百萬兩鬟千萬
餘不意金吾子娉婷過我廬銀鞍何煜爚翠蓋空踟躕就我
睃求清酒絲繩提玉壺就我求珍肴金盤膾鯉魚貽我青銅
鏡結我紅羅裾不惜紅羅裂何論輕賤軀男兒愛後婦女子
重前夫人生有新故貴賤不相踰多謝金吾子私愛徒區區

宋子侯

董嬌饒

洛陽城東路桃李生路傍花花自相對葉葉自相當春風東北起花葉正低昂不知誰家子提籠行采桑纖手折其枝花落何飄颻請謝彼姝子何為見損傷高秋八九月白露變為霜終年會飄墮安得久馨香秋時自零落春月復芬芳何時盛年去懽愛永相忘吾欲竟此曲此曲愁人腸歸來酌美酒挾瑟上高堂

樂府古辭

隴西行　相和歌辭瑟調曲

天上何所有歷歷種白榆桂樹夾道生青龍對道隅鳳凰鳴啾

啾一母將九雛顧視世間人為樂甚獨殊好婦出迎客顏色
正敷愉伸腰再拜跪問客平安不請客北堂上坐客氍毹
清白各異樽酒上正華疏酌酒持與客客言主人持勺略再
拜跪然後持一杯談笑未及竟左顧勑中廚促令辦麤飯慎
莫使稽留廢禮送客出盈〻府中趨送客亦不遠足不過門
樞取婦得如此齊姜亦不如健婦持門戶勝一大丈夫

飲馬長城窟行 相和歌辭瑟調曲 玉台作蔡邕

青〻河畔草緜〻思遠道遠道不可思宿昔夢見之夢見在
我傍忽覺在他鄉他鄉各異縣展轉不相見枯桑知天風海
水知天寒入門各自媚誰肯相為言客從遠方來遺我雙鯉

鱼呼儿烹鲤鱼中有尺素书长跪读素书书中竟何如上言
加飡饭下言长相忆

魏武帝

短歌行　相和歌辭平調曲

對酒當歌人生幾何譬如朝露去日苦多慨當以慷憂思難忘何以解憂唯有杜康青〻子衿悠〻我心但為君故沈吟至今呦〻鹿鳴食野之苹我有嘉賓鼓瑟吹笙明明如月何時可掇憂從中來不可斷絶越陌度阡枉用相存契闊談讌心念舊恩月明星稀烏鵲南飛繞樹三匝何枝可依山不厭高海不厭深周公吐哺天下歸心

魏文帝

善哉行　相和歌辭瑟調曲

上山采薇薄暮苦饑谿谷多風霜露沾衣野雉羣雊猴猿相追還望故鄉鬱何壘壘高山有崖林木有枝憂來無方人莫之知人生如寄多憂何為今我不樂歲月如馳湯湯川流中有行舟隨波迴轉有似客遊策我良馬被我輕裘載馳載驅聊以忘憂

燕歌行 相和歌辭平調曲

秋風蕭瑟天氣涼草木搖落露為霜羣燕辭歸雁南翔念君客游思斷腸慊慊思歸戀故鄉何為淹留寄他方賤妾煢煢守空房憂來思君不敢忘不覺淚下霑衣裳援琴鳴絃發清商短歌微吟不能長明月皎皎照我牀星漢西流夜未央

牽牛織女遙相望爾獨何辜限河梁

曹植

雜詩

高臺多悲風朝日照北林之子在萬里江湖迥且深方舟安
可極離思故難任孤雁飛南遊過庭長哀吟翹思慕遠人願
欲託遺音形影忽不見翩翩傷我心轉蓬離本根飄颻隨長
風何意迴飈舉吹我入雲中高高上無極天路安可窮類此
遊客子捐軀遠從戎毛褐不掩形薇藿常不充去去莫復道
沈憂令人老

南國有佳人容華若桃李朝遊江北岸日夕宿湘沚時俗薄朱

顏誰為發皓齒俛仰歲將暮榮耀難久恃

七哀詩

明月照高樓流光正徘徊上有愁思婦悲歎有餘哀借問歎
者誰言是客子妻君行踰十年孤妾常獨棲君若清路塵妾
若濁水泥浮沈各異勢會合何時諧願為西南風長逝入君
懷君懷良不開賤妾當何依

王粲

七哀詩

西京亂無象豺虎方遘患復棄中國去遠身適荊蠻親戚對
我悲朋友相追攀出門無所見白骨蔽平原路有飢婦人抱

子棄草間顧聞號泣聲揮涕獨不還未知身死處何能兩相完驅馬棄之去不忍聽此言南登霸陵岸迴首望長安悟彼下泉人喟然傷心肝

荆蠻非我鄉何為久滯淫方舟泝大江日暮愁我心山崗有餘暎巖阿增重陰狐狸馳赴穴飛鳥翔故林流波激清響猴猿臨岸吟迅風拂裳袂白露霑衣衿獨夜不能寐攝衣起撫琴絲桐感人情為我發悲音羈旅無終極憂思壯難任

陳琳

飲馬長城窟行

飲馬長城窟水寒傷馬骨往謂長城吏慎莫稽留太原卒官

作自有程舉築諧汝聲男兒寧當格鬬死何能怫鬱築長城
長城何連々連々三千里邊城多健少內舍多寡婦作書與
內舍便嫁莫留住善事新姑章時々念我故夫子報書往邊
地君今出語一何鄙身在禍難中何為稽留他家子生男慎
勿舉生女哺用脯君獨不見長城下死人骸骨相撑拄結髮
行事君慊々心意關邊地苦明知邊地苦賤妾何能久自全

徐幹

室思

沈陰結愁憂愁憂為誰興念與君相別各在天一方良會未
有期中心摧且傷不聊憂飡食慊々常饑空端坐而無為髣

歸君容光峩峩高山首悠悠萬里道君去日已遠鬱结令人
老人生一世間忽若暮春草時不可再得何為自愁惱每誦
昔鴻恩賤軀焉足保浮雲何洋洋願因通吾辭飄飄不可寄
徙倚徒相思人離皆復會君獨無返期自君之出矣明鏡暗
不治思君如流水何有窮已時慘慘時節盡蘭華凋復零喟
然長歎息君期慰我情展轉不能寐長夜何緜緜躡履起出
户仰觀三星連自恨志不遂泣涕如涌泉思君見巾櫛以益
我勞勤安得鴻鸞羽覯此心中人誠心亮不遂搔首立悁悁
何言一不見復會無因缘故如比目魚今隔如參辰人靡不
有初想君能終之别來歷年歲舊恩何可期重新而忘故君

子所尤識寄身雖在遠豈忘君須臾既厚不為薄想君時見
思

阮籍

詠懷

夜中不能寐起坐彈鳴琴薄帷鑒明月清風吹我衿孤鴻號
外野朔鳥鳴北林徘徊將何見憂思獨傷心
二妃遊江濱逍遙順風翔交甫懷環珮婉孌有芬芳猗靡情
歡愛千載不相忘傾城迷下蔡容好結中腸感激生憂思諼
草樹蘭房膏沐為誰施其雨怨朝陽如何金石交一旦更離
傷

嘉樹下成蹊東園桃與李秋風吹飛藿零落從此始繁華有
憔悴堂上生荊杞驅馬舍之去去上西山趾一身不自保何
況戀妻子凝霜被野草歲暮亦云已

天馬出西北由來從東道春秋非有託富貴焉常保清露被
皐蘭凝霜霑野草朝為媚少年夕暮成醜老自非王子晉誰
能常美好

步出上東門北望首陽岑下有采薇士上有嘉樹林良辰在
何許凝霜霑衣襟寒風振山岡玄雲起重陰鳴雁飛南征鶗
鴂發哀音素質遊商聲悽愴傷我心

灼灼西隤日餘光照我衣迴風吹四壁寒鳥相因依周周尚

銜羽蛩蛩亦念飢如何當路子磬折忘所歸豈為夸譽名憔
悴使心悲寧與燕雀翔不隨黃鵠飛黃鵠遊四海中路將安
歸

獨坐空堂上誰可與歡者出門臨永路不見行車馬登高望
九州悠〻分曠野孤鳥西北飛離獸東南下日暮思親友晤
言用自寫

湛〻長江水上有楓樹林皋蘭被徑路青驪逝駸〻遠望令
人悲春氣感我心三楚多秀士朝雲進荒淫朱華振芬芳高
蔡相追尋一為黃雀哀涕下誰能禁

左思

詠史

弱冠弄柔翰卓犖觀羣書著論準過秦作賦擬子虛邊城苦鳴
鏑羽檄飛京都雖非甲冑士疇昔覽穰苴長嘯激清風志若無
東吴鉛刀貴一割夢想騁良圖左眄澄江湘右眄定羌胡功成
不受爵長揖歸田廬
鬱鬱澗底松離離山上苗以彼徑寸莖蔭此百尺條世冑躡高
位英俊沈下僚地勢使之然由來非一朝金張藉舊業七葉珥
漢貂馮公豈不偉白首不見招
吾希段干木偃息藩魏君吾慕魯仲連談笑却秦軍當世貴不

羈遭難能解紛功成恥受賞高節卓不群臨組不肯緤對珪寧
肯分連璽曜前庭比之猶浮雲
濟々京城内赫々王侯居冠蓋蔭四術朱輪竟長衢朝集金張
館暮宿許史廬南鄰擊鍾磬北里吹笙竽寂々楊子宅門無卿
相輿寥々空宇中所講在玄虛言論準宣尼辭賦擬相如悠々
百世後英名擅八區
皓天舒白日靈景耀神州列宅紫宮裏飛宇若雲浮峨々高門
内藹々皆王侯自非攀龍客何為歘来游被褐出閶闔高步追
許由振衣千仞岡濯足萬里流
荊軻飲燕市酒酣氣益震哀歌和漸離謂若傍無人雖無壯士

節與世亦殊倫高眄邈四海豪右何足陳貴者雖自貴視之若埃塵賤者雖自賤重之若千鈞

主父宦不達骨肉還相薄買臣困樵採伉儷不安宅陳平無產業歸來翳負郭長卿還成都壁立何寥廓四賢豈不偉遺烈光篇籍當其未遇時憂在填溝壑英雄有迍邅由來自古昔何世無奇才遺之在草澤

習習籠中鳥舉翮觸四隅落落窮巷士抱影守空廬出門無通路枳棘塞中塗計策棄不收塊若枯池魚外望無寸祿內顧無斗儲親戚還相蔑朋友日夜疏蘇秦北游說李斯西上書俛仰生榮華咄嗟復彫枯飲何期滿腹貴足不願餘巢林棲一枝可

為達士模

嬌女詩

吾家有嬌女皎皎頗白皙小字為纨素口齒自清歷鬢髮覆廣額雙耳似連璧明朝弄梳臺黛眉類掃跡濃朱衍丹脣黃吻瀾漫赤嬌語若連瑣忿速乃明懂握筆利彤管篆刻未期益執書愛綈素誦習矜所獲其姊字惠芳面目璨如畫輕妝喜樓邊臨鏡忘紡績舉觶擬京兆立的成復易玩弄眉頰間劇兼機杼役從容好趙舞延袖像飛翮上下絃柱際文史輒卷襞顧眄屏風畫如見已指摘丹青日塵闇明義為隱賾馳騖翔園林果下皆生摘紅葩擷紫蔕萍實驟抵擲貪華風雨中倏忽數百適務躡

霜雪戲重綦常累積并心注肴饌端坐理盤槅翰墨戲閑按相
與數離逖動爲鑪鉦屈屣履任之適止爲荼菽據吹噓對鼎䥶
脂膩漫白袖烟熏染阿錫衣被皆重地難與沈水碧任其孺子
意羞受長者責瞥聞當與杖掩淚俱向壁

# 陶谢诗钞

陶淵明

歸園田居

少無適俗韻性本愛丘山誤落塵網中一去三十年羈鳥戀舊林池魚思故淵開荒南野際守拙歸園田方宅十餘畝草屋八九間榆柳蔭後園桃李羅堂前曖曖遠人村依依墟里煙狗吠深巷中雞鳴桑樹巔户庭無塵雜虛室有餘閑久在樊籠裏復得返自然

野外罕人事窮巷寡輪鞅白日掩荆扉虛室絶塵想時復墟曲中披草共來往相見無雜言但道桑麻長桑麻日已長我土日已廣常恐霜霰至零落同草莽

種豆南山下草盛豆苗稀晨興理荒穢帶月荷鋤歸道狹草
木長夕露沾我衣衣沾不足惜但使願無違
久去山澤游浪莽林野娛試携子姪輩披榛步荒墟徘徊丘
壠間依依昔人居井竈有遺處桑竹殘朽株借問採薪者此
人皆焉如薪者向我言死没無復餘一世異朝市此語真不
虛人生似幻化終當歸空無
悵恨獨策還崎嶇歷榛曲山澗清且淺遇以濯吾足漉我
新熟酒隻雞招近局日入室中闇荊薪代明燭歡來苦夕短
已天旭
種苗在東皋苗生滿阡陌雖有荷鋤倦濁酒聊自適日暮巾

柴車路暗光已夕歸人望煙火稚子候簷隙問君亦何為百年會有役但願桑麻成蠶月得紡績素心正如此開徑望三益

## 飲酒

衰榮無定在彼此更共之邵生瓜田中寧似東陵時寒暑有代謝人道每如茲達人解其會逝將不復疑忽與一觴酒日夕歡相持

積善云有報夷叔在西山善惡苟不應何事空立言九十行帶索飢寒況當年不賴固窮節百世當誰傳

道喪向千載人人惜其情有酒不肯飲但顧世間名所以貴

我身豈不在一生一生復能幾倏如流電驚鼎鼎百年內持
此欲何成
栖栖失群鳥日暮猶獨飛徘徊無定止夜夜聲轉悲厲響思
清遠去來何依依自值孤生松斂翮遙來歸勁風無榮木此
蔭獨不衰託身已得所千載不相違
結廬在人境而無車馬喧問君何能爾心遠地自偏採菊東
籬下悠然見南山山氣日夕佳飛鳥相與還此中有真意欲
辯已忘言
行止千萬端誰知非與是是非苟相形雷同共譽毀三季多
此事達士似不爾咄咄俗中愚且當從黃綺

秋菊有佳色裛露掇其英汎此忘憂物遠我遺世情一觴雖獨進杯盡壺自傾日入群動息歸鳥趨林鳴嘯傲東軒下聊復得此生

青松在東園衆草没其姿凝霜殄異類卓然見高枝連林人不覺獨樹衆乃奇提壺挂寒柯遠望時復為吾生夢幻間何事紲塵羈

清晨聞叩門倒裳往自開問子為誰歟田父有好懷壺漿遠見候疑我與時乖繿縷茅簷下未足為高栖一世皆尚同願君汩其泥深感父老言禀氣寡所諧紆轡誠可學違己詎非迷且共歡此飲吾駕不可回

在昔曾遠遊直至東海隅道路迥且長風波阻中塗此行誰使然似為飢所驅傾身營一飽少許便有餘恐此非名計息駕歸閑居

顔生稱為仁榮公言有道屢空不獲年長飢至于老雖留身後名一生亦枯槁死去何所知稱心固為好客養千金軀臨化消其寶裸葬何必惡人當解意表

長公曾一仕壯節忽失時杜門不復出終身與世辭仲理歸大澤高風始在茲一往便當已何為復狐疑去去當奚道世俗久相欺擺落悠悠談請從余所之

有客常同止趣舍邈異境一士長獨醉一夫終年醒醒醉還

相笑發言各不領規規一何愚兀傲差若穎寄言酣中客
日沒燭當炳
故人賞我趣挈壺相與至班荊坐松下數斟已復醉父老雜
亂言觴酌失行次不覺知有我安知物為貴悠悠迷所留酒
中有深味
貧居乏人工灌木荒余宅班班有翔鳥寂寂無行跡宇宙一
何悠人生少至百歲月相催逼鬢邊早已白若不委窮達素
抱深可惜
少年罕人事游好在六經行行向不惑淹留遂無成竟抱固
窮節飢寒飽所更弊廬交悲風荒草沒前庭披褐守長夜晨

雞不肯鳴孟公不在茲終以翳吾情

幽蘭生前庭含薰待清風清風脫然至見別蘭艾中行行失
故路任道或能通覺悟當念還鳥盡廢良弓

子雲性嗜酒家貧無由得時賴好事人載醪袪所惑觴來爲
之盡是諮無不塞有時不肯言豈不在伐國仁者用其心何
嘗失顯默

疇昔苦長飢投耒去學仕將養不得節凍餒固纏己是時向
立年志意多所恥遂盡介然分終死歸田里冉冉星氣流亭
亭復一紀世路廓悠悠楊朱所以止濁酒聊可恃

羲農去我久舉世少復真汲汲魯中叟彌縫使其淳鳳鳥雖

不至禮樂暫得新洙泗輟微響漂流逮狂秦詩書復何罪一
朝成灰塵區區諸老翁為事誠殷勤如何絕世下六籍無一
親終日馳車走不見所問津若復不快飲空負頭上巾但
恨多謬誤君當恕醉人

## 謝靈運

### 登池上樓

潛虬媚幽姿飛鴻響遠音薄霄愧雲浮棲川怍淵沈進德智所拙退耕力不任狥祿反窮海卧痾對空林衾枕昧節候褰開暫窺臨傾耳聆波瀾舉目眺嶇嶔初景革緒風新陽改故陰池塘生春草園柳變鳴禽祁祁傷豳歌萋萋感楚吟索居易永久離羣難處心持操豈獨古無悶徵在今

### 遊南亭

時竟夕澄霽雲歸日西馳密林含餘清遠峰隱半規久痗昏墊苦旅館眺郊岐澤蘭漸被徑芙蓉始發池未厭青春好已

覩朱明移慼慼感物歎星星白髮垂藥餌情所止衰疾忽在
斯逝將候秋水息景偃舊崖我志誰與亮賞心惟良知

遊赤石進帆海

首夏猶清和芳草亦未歇水宿淹晨暮陰霞屢興沒周覽倦
瀛壖況乃陵窮髮川后時安流天吳靜不發揚帆採石華挂
席拾海月溟漲無端倪虛舟有超越仲連輕齊組子牟眷魏
闕矜名道不足適己物可忽請附任公言終然謝天伐

登永嘉綠嶂山詩

裹糧杖輕策懷遲上幽室行源逕轉遠距陸情未畢澹瀲結
寒姿團欒潤霜質澗委水屢迷林迴巖逾密眷西謂初月顧

東疑落日踐夕奄昏曙蔽翳皆周悉蠱上貴不事履二美貞
吉幽人常坦步高尚邈難匹頤阿竟何端寂〻寄抱一恬如
既已交繕性自此出

田南樹園激流植援

樵隱俱在山由來事不同不同非一事養痾亦園中中園屏
氛雜清曠招遠風卜室倚北阜啓扉面南江激澗代汲井插
槿當列墉羣木既羅戶衆山亦當窗靡迤趨下田迢遞瞰高
峯寡慾不期勞即事罕人功唯開蔣生逕永懷求羊蹤賞心
不可忘妙善冀能同

石壁精舍還湖中作

昏旦變氣候山水含清暉清暉能娛人遊子憺忘歸出谷日
尚早入舟陽已微林壑斂暝色雲霞收夕霏芰荷迭映蔚蒲
稗相因依披拂趨南徑愉悅偃東扉慮澹物自輕意愜理無
違寄言攝生客試用此道推

石門新營所住四面高山迴溪石瀨茂林修竹

躋險築幽居披雲臥石門苔滑誰能步葛弱豈可捫嫋嫋秋
風過萋萋春草繁美人遊不還佳期何由敦芳塵凝瑤席清
醑滿金尊洞庭空波瀾桂枝徒攀翻結念屬霄漢孤景莫與
諼倚濯石下潭仰看條上猿早聞夕飆急晚見朝日暾崖傾
光難留林深響易奔感往慮有復理來情無存庶持乘日車

得以慰營魂匪為衆人說冀與智者論

過白岸亭詩

拂衣遵沙垣緩步入蓬屋近澗涓密石遠山映疏木空翠難强名漁釣易為曲援蘿聆青崖春心自相屬交交止栩黄呦呦食苹鹿傷彼人百哀嘉爾承筐樂榮悴迭去來窮通成休慼未若常疏散萬事恒抱朴

夜宿石門詩

朝搴苑中蘭畏彼霜下歇暝還雲際宿弄此石上月鳥鳴識夜棲木落知風發異音同至聽殊響俱清越妙物莫為賞芳醑誰與伐美人竟不來陽阿徒晞髪

廬陵王墓下作

曉月發雲陽落日次朱方含凄泛廣川灑淚眺連岡春言懷
君子沈痛切中腸道消結憤懣運開申悲涼神期恒若存德
音初不忘徂謝易永久松柏森已行延州協心許楚老惜蘭
芳解劍竟何及撫墳徒自傷平生疑若人通蔽互相妨理感
深情慟定非識所將脆促良可哀夭枉特兼常一往隨化滅
安用空名揚舉聲泣已灑長歎不成章

# 南北朝乐府

南朝樂府

子夜歌

吴聲歌曲

落日出前門瞻矚見子度冶容多姿鬢芳香已盈路

芳是香所為冶容不敢當天不奪人願故使儂見郎

宿昔不梳頭絲髮被兩肩婉伸郎膝上何處不可憐

自從別歡來奩器了不開頭亂不敢理粉拂生黃衣

崎嶇相怨慕始獲風雲通玉林語石闕悲思兩心同

見娘喜容媚願得結金蘭空織無經緯求匹理自難

始欲識郎時兩心望如一理絲入殘機何悟不成匹

前絲斷纏綿意欲結交情春蠶易感化絲子已復生

今夕已歡別合會在何時明燈照空局悠然未有期

郎為傍人取負儂非一事攡門不安橫無復相關意

懊儂歌

寡婦哭城頹此情非虛假相樂不相得抱恨黃泉下

華山畿

華山畿君既為儂死獨生為誰施歡若見憐時棺木為儂開

不能久長離中夜憶歡時抱被空中啼

相送勞勞渚長江不應滿是儂淚成許

松上蘿願君如行雲時時見經過

夜相思風吹窗簾動言是所歡來

讀曲歌

思歡久不愛獨枝蓮只惜同心藕

白門前烏帽白帽来白帽郎是儂良不知烏帽郎是誰

音信闊弦朔方悟千里遙朝霜語白日知我為誰歡消

道逢待曉分轉側聽更鼓明月不應停特為相思苦

石城樂 西曲歌

生長石城下開窗對城樓城中諸少年出入見依投

布帆百餘幅環環在江津執手雙淚落何時見歡還

烏夜啼

辭家遠行去儂歡獨離居此日無啼音裂帛作還書

可憐烏臼鳥强言知天曙無故三更啼歡子冒闇去
烏生如欲飛二飛各自去生離無安心夜啼知天曙
遠望千里煙隱當在歡家欲飛[redacted]無兩翅當奈獨思何

莫愁樂

莫愁在何處莫愁石城西艇子打兩槳催送莫愁来
聞歡下揚州相送楚山頭探手抱腰看江水斷不流

襄陽樂

朝發襄陽城暮至大堤宿大堤諸女兒花豔驚郎目
江陵三千三西塞陌中央但問相隨否何計道里長

西洲曲 雜曲歌辭

憶梅下西洲折梅寄江北單衫杏子紅雙鬢鴉雛色西洲在
何處兩槳橋頭渡日暮伯勞飛風吹烏桕樹樹下即門前門
中露翠鈿開門郎不至出門採紅蓮採蓮南塘秋蓮花過人
頭低頭弄蓮子蓮子清如水置蓮懷袖中蓮心徹底紅憶郎
郎不至仰首望飛鴻鴻飛滿西洲望郎上青樓樓高望不見
盡日欄杆頭欄杆十二曲垂手明如玉卷簾天自高海水搖
空綠海水夢悠悠君愁我亦愁南風知我意吹夢到西洲

紫騮馬歌

十五從軍征八十始得歸道逢鄉里人家中有阿誰遙看是軍君家松柏冢纍纍兔從狗竇入雉從梁上飛中庭生旅穀井上生旅葵舂穀持作飯採葵持作羹羹飯一時熟不知飴阿誰出門東向看淚落沾我衣

隴頭歌

隴頭流水流離山下念吾一身飄然曠野

朝發欣城暮宿隴頭寒不能語舌卷入喉

隴頭流水鳴聲嗚（幽）咽遙望秦川心肝斷絕

折楊柳枝歌

上馬不捉鞭反拗楊柳枝下馬吹長笛愁殺行客兒
門前一株棗歲々不知老阿婆不嫁女那得孫兒抱
敕々何力力女子臨窗織不聞機杼聲只聞女歎息
問女何所思問女何所憶阿婆許嫁女今年無消息

敕勒歌

樂府廣題曰北齊神武攻周玉壁士卒死者十四五神武恚憤疾發周王下令曰高歡鼠子親犯玉壁劍弩一發元凶自斃神武聞之勉坐以安士衆悉引諸貴使斛律金唱敕勒神武自和之其歌本鮮卑語易為齊言故其句長短不齊

敕勒川陰山下天似穹廬籠蓋四野天蒼々野茫々風吹草低

見牛羊

木蘭詩

唧々復唧唧木蘭當戶織不聞機杼聲唯聞女歎息問女何所
思問女何所憶女亦無所思女亦無所憶昨夜見軍帖可汗
大點兵軍書十二卷卷々有爺名阿爺無大兒木蘭無長兄願
為市鞍馬從此替爺征東市買駿馬西市買鞍韉南市買轡頭
北市買長鞭旦辭爺孃去暮宿黃河邊不聞爺孃喚女聲但聞
燕山胡騎鳴啾々萬里赴戎機關山度若飛朔氣傳金柝寒光
照鐵衣將軍百戰死壯士十年歸歸來見天子天子坐明堂策
勳十二轉賞賜百千彊可汗問所欲木蘭不用尚書郎願馳千里

足段成式酉陽雜俎云願借明駝千里足送兒還故鄉爺孃聞女來出郭相扶將阿姊
聞妹來當戶理紅妝小弟聞姊來磨刀霍霍向豬羊開我東閣門
坐我西閣牀脫我戰時袍著我舊時裳當窗理雲鬢挂一作對鏡
帖花黃出門看火伴火伴皆驚忙同行十二年不知木蘭是女郎
雄兔腳撲朔雌兔眼迷離雙一作兩兔傍地走安能辨我是雄雌

## 又

韋元甫續

木蘭抱杼嗟借問復為誰欲聞所慽慽感激彊其顏老父隸兵
籍氣力日衰耗豈足萬里行有子復尚少胡沙沒馬足朔風裂
人膚老父舊羸病何以彊自扶木蘭代父去秣馬備戎行易卻

紈綺裳洗卻鉛粉妝馳馬赴軍幕慷慨攜手將朝屯雪山下暮宿青海傍夜襲燕支虜更攜手闖羌將軍得勝歸士卒還故鄉父母見木蘭喜極成悲傷木蘭能承父母顏卻御中饋理絲簧昔爲烈士雄今復嬌子容親戚持酒賀父母始知生女與男同門前舊軍都十年共崎嶇本結兄弟交死戰誓不渝今也見木蘭言聲雖是顏貌殊驚愕不敢前嘆重徒嘻吁世有臣子心能如木蘭節忠孝兩不渝千古之名焉可滅

# 附诗·古诗十九首·典论论文资料

# 詩

説文云 詩志也志發于言
釋名云 詩之也志之所之也
詩序云 在心爲志發言爲詩
班固云 誦其言謂之詩詠其侍謂之歌
食貨志、孟春之月羣居者將散行人振木鐸徇於路以采詩獻之太師
比其音律以聞于天子
禮記、詩者民之性情也
詩序云、正得失動天地感鬼神莫近于詩
朱子云、詩者人心之感物而形于言之餘也
左傳、瞽誦詩諫
詩緯含神霧、詩者持也

鄭玄詩譜序云詩之興也諱不于上皇之世大庭軒轅逮於高辛其時有亡
載籍亦蔑云因否虞書曰詩言志歌永言聲依永律和聲然則詩之道
放於此乎

孔穎達云、、哀樂之起冥於自然喜怒之端非由人事故燕雀表啁噍之感鸞
鳳有歌舞、之容然則詩理之先同夫開闢詩迹所用隨運而移上皇道
質故諷諭之情寡中古政繁亦謳歌之理切唐虞乃見其初羲軒
莫測其始

司馬遷云古者詩三千餘篇及至孔子去其重取可施于禮義上采契后稷
中述殷周之盛至幽厲之缺三百五篇孔子皆絃歌之以求合韶武雅
頌之音

孔子曰、詩三百一言以蔽之曰思無邪
小子何莫學乎詩詩可以興可以观可以群可以怨邇之事父遠之事
君多識于草木鳥獸之名

孔子曰、不學詩無以言

誦詩三百授之以政不達使于四方不能專對雖多亦奚以為

孟子曰、故說詩者不以文害辭不以辭害志以意逆志是為得之

班固、三百五篇遭秦而全者以其諷誦不獨在竹帛故也

周礼、太師教六詩曰風曰賦曰比曰興曰雅曰頌

孟子、誦其詩讀其書不知其人可乎是以論其世也

古詩十九首

李善：「古詩蓋不知作者，或云枚乘，疑不能明也。詩云驅車上東門，又云游戲宛與洛，此則辭兼東都，非盡是乘明矣。昭明以失其姓氏，故編在李陵之上」。

劉勰：「古詩佳麗，或稱枚叔，孤竹一篇則傅毅之詞，比采而推，兩漢之作乎」。 文心雕龍明詩篇

鍾嶸：「古詩，其原出於國風，陸機所擬十四首，文溫以麗，意悲而遠，驚心動魄，可謂幾乎一字千金。其外去者日以疏四十五首，雖多哀怨，頗為總雜，舊疑是建安中曹王所製。客從遠方來，橘柚垂華實，亦為驚絕矣。人代冥滅，而清音獨遠，悲夫

又云「古詩眇邈、人世難詳、推其文體、固是炎漢之製、非衰周之倡也」

陸機有擬古詩凡十二首（按：鍾氏所云少二首） 一、行行重行行、二、今日良宴會、三、迢迢牽牛星、四、涉江采芙蓉、五、青青河畔草、六、明月何皎皎、七、蘭若生朝陽、八、青青陵上柏、九、東城一何高（一本作東城高且長）、十、西北有高樓、十一、庭中有奇樹、十二、明月皎夜光。

今按陸機所未擬者、十九首中有冉冉孤生竹、迴車駕言邁、驅車上東門、去者日以疏、生年不滿百、凜凜歲云暮、孟冬寒氣至、客從遠方來、八首。 依鍾嶸之「陸機擬古詩有十四首」、則其中當有兩首為陸氏所擬而今失脫之耳。或鍾氏所云十四首之四字是誤文也。陸氏所擬有蘭若生朝陽一首、今文選古詩十九首中無。

玉台新詠錄枚乘雜詩九首 一、西北有高樓、二、東城高且長 三、行行重行行、四、涉江采芙蓉、五、青青河畔草、六、蘭若生春陽、七、庭中有奇樹、八、迢迢牽牛星、九、明月何皎皎、

世說文學篇：「王孝伯在京行散、至其弟王睹戶前、問古詩何句為佳、睹思未答、孝伯詠所遇無故物、焉得不速老、此句為佳」

玉台新詠 除枚乘雜詩九首外尚有古詩冉冉孤生竹、凜凜歲雲暮、客從遠方來、孟冬寒氣至、上山采蘼蕪、四座且莫諠 悲與親友別 穆穆清風至 八首

其中の首為文選古詩所有、四首缺、

文選 古詩十九首為玉台所無者 青青陵上柏 今日良宴會、明月皎夜光、迴車駕言邁、驅車上東門 去者日已疏 生年不滿百 七首

統計 文選玉台所同有者共十二首、一、行行重行行、(陸擬)、二、青青河畔草、(陸擬) 三、西北有高樓(陸擬) 四、涉江采芙蓉(陸擬) 五、冉冉孤生竹(陸未擬) 六、庭中有奇樹(陸擬) 七、東城高且長(陸擬) 八、凜凜歲云暮(陸未擬) 九、孟冬寒氣至(陸未擬)

[redacted]

玉台注选存本（注本抄）之明月何皎皎（陆拟）　陆机拟拟廿八首、係陆所拟之

今日良宴会、青青陵上柏　明月皎夜光三首文选有而玉台缺、蘭若生春阳

玉台有而文选缺也、

明月皎夜光

玉衡 北斗第五星，又可代杓。第一至第四星为魁，为璇玑，第五至第七星为杓，为玉衡。

李善：「上云促织，下云秋蝉，明是汉之孟冬，非夏之孟冬矣。汉书曰：高祖十月至霸上，故以十月为岁首。汉之孟冬，今之七月也。复云秋蝉玄鸟者，此明实候，故以夏正言之。」颇有识也。

翁其谓此为武帝太初以前未改历时之诗。又第十一首「回风动地起，秋草萋以绿。四时更变化，岁暮一何速」。上云秋草，下云岁暮，可云时序亦同。又第十六首「凛凛岁云暮，蝼蛄夕鸣悲。凉风率已厉，游子寒无衣」。案月令孟秋之月凉风至，岁暮而云凉风，此又太初以前时序。此三首可证为西京太初以前之作（古直汉诗研究）。

又第十七首「孟冬寒气至，北风何惨慄」。案月令季秋之月寒气总至」。此明言夏正，孟冬非秦正之孟冬矣。此首可证为太初改历以后之作。

吴淇選詩定論：史記天官書「斗杓指夕魁，衡指夜，魁指晨」，堯時仲秋夕斗柄適指
酉，衡指仲冬」，然星宿東行，節氣西去，每七十二歲差一度，曆家謂之歲差。漢去
堯二千餘年，應差一宮，此時仲秋夕斗杓當指申，衡應指孟冬。觀此所用物色，
似是中秋氣候，通曉曆法者自明。舊注說定孟冬，大誤。

張庚，古詩十九首解：史記天官書「斗杓指夕，衡指夜，魁指晨」，堯時仲秋夕，斗杓指酉，
衡指酉申冬」。此云玉衡指孟冬，則是杓指申，為孟秋七月也。然白露為八月節，即促織鳴東
壁之文，即豳風八月在宇之義，玄鳥逝文即月令八月玄鳥歸，然則此詩是七八月之交
舊注說為孟冬十月，大誤。吳氏據漢曆家歲差法，以為漢去堯時二千餘年
此時仲秋杓當指申，衡當指孟冬，此說亦未盡然，其實今時仲秋杓猶指酉也。

劉履選詩補注：冬當作秋

明月皎夜光

詩唐风　蟋蟀在堂歲聿其莫今我不乐日月其除、蟋蟀在堂歲聿其逝

今我不乐日月其迈、　蟋蟀在堂　是九十月来、周以十一月为歲首、故云歲

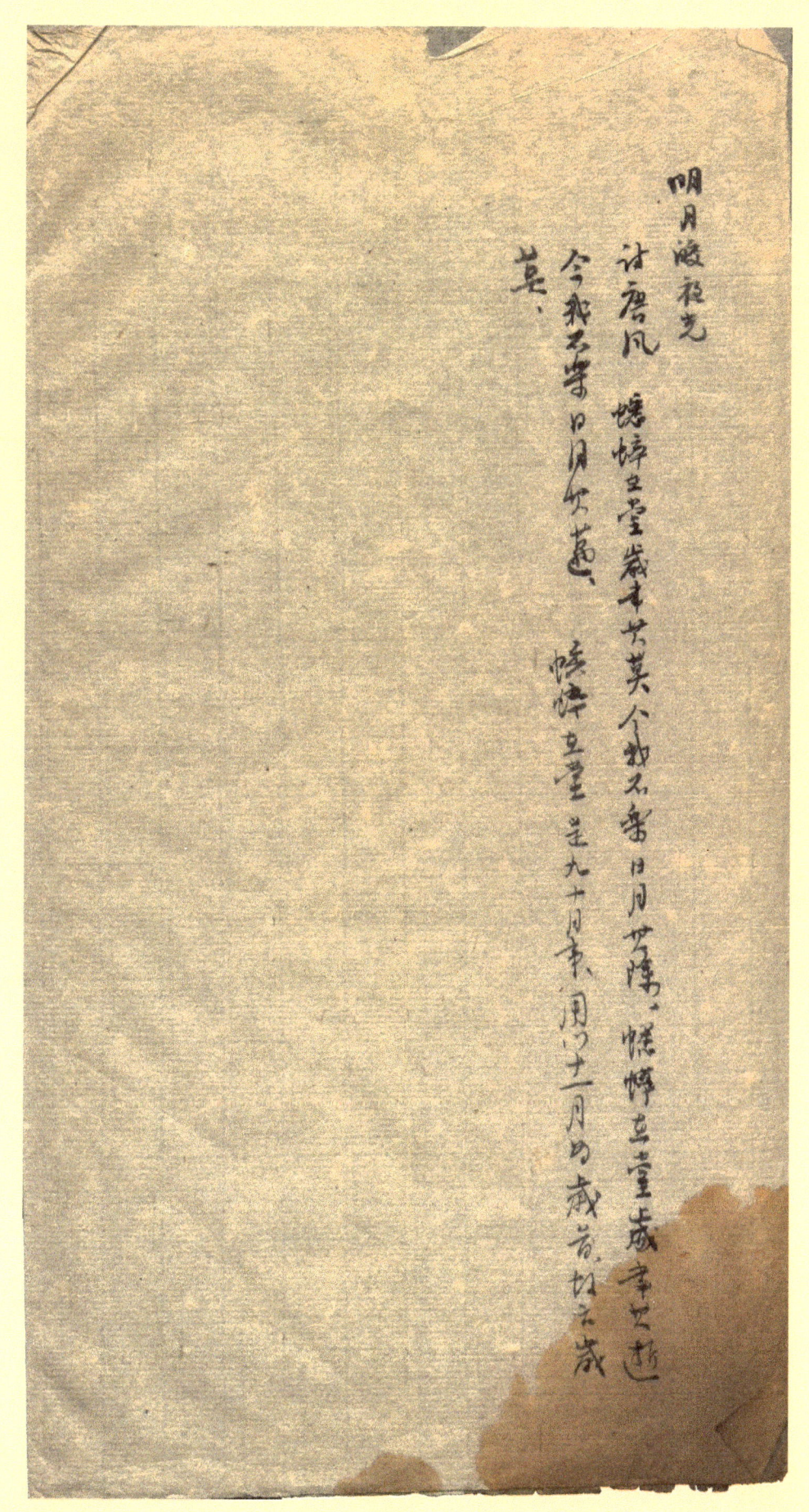

莫、

西北有高楼

愿为双鸣鹤　五臣及玉台均作鸿鹄。苏子卿诗：愿为双鸿鹄，奋翅起高飞。

按一本又作双黄鹄。苏武诗同。

鸿鹄　汉高帝鸿鹄歌　鸿鹄高飞一举千里，羽翼已就，横绝四海。

汉昭帝黄鹄歌　黄鹄飞兮下建章，羽肃肃兮行跄跄。

铙歌临高台　江有香草目以兰，黄鹄高飞离哉翻。

苏武诗　愿为双黄鹄，送子俱远飞。

古诗　步出城东门，遥望江南路。前日风雪中，故人从此去。我欲渡河水，河水

深无梁。愿为双黄鹄，高飞还故乡。

双白鹄（乐府）　飞来双白鹄，乃从西北来。十十将五五，罗列行不齐。忽然卒

疲病，不能飞相随。五里一反顾，六里一徘徊。吾欲衔汝去，口噤不能开。

吾將負汝去，羽毛日摧頹，樂哉新相知，憂來生別離，躊躇顧群

侶淚落縱橫垂，今日樂相樂，延年萬歲期

曹丕 臨高臺 鴻欲南游，雌不能隨，我欲躬銜汝，口噤不能開，欲負之，

毛衣摧頹，五里一顧，六里徘徊，

行行重行行

玉台新詠列此詩為枚乘雜詩第三

與君生別離　楚辭曰悲莫悲兮生別離

注　廣雅曰涯方也

道路阻且長　詩秦風蒹葭溯回從之道阻且長、陳祁明曰阻則難行、長則難至、此二義、（故曰且。）

胡馬依北風越鳥巢南枝　韓詩外傳曰詩曰代馬依北風飛鳥棲故巢皆不忘

本之謂也、吳越春秋胡馬依北風而立、越燕望海日而熙、

相去日已遠衣帶日已緩　古樂府歌曰離家日趨遠衣帶日趨緩

浮雲蔽白日　浮雲之蔽白日以喻邪佞之毀忠良故游子之行不顧反也文子曰

日月欲明浮雲蓋之陸賈新語曰邪臣之蔽賢猶浮雲之鄣日月古楊柳行曰

讒邪害公正浮雲蔽白日義與此同也

游子不顧反　鄭玄毛詩箋曰顧念也

張銑曰此詩意為忠臣遭佞人讒譖見放逐也

呂延濟曰勿復道心不敢忘但也努力加餐飯自遣之辭

## 魏文帝典論論文

曹操沛國譙人 後漢沛國在今安徽宿縣西北 譙郡在今安徽亳縣
操父嵩為漢桓帝時中常侍曹騰之養子 官至太尉 嵩之本末 陳壽
三國志云莫能審其生出本末 裴注引[redacted]吳人作曹瞞傳及郭頒
世語並云嵩夏侯氏之子 夏侯惇之叔父 三國志太祖本紀 操年二十舉
孝廉 注引世語曰博覽羣書 特好兵法 抄集諸家兵法 名曰接要 又注孫
武十三篇 魏書曰以能明古學 復徵拜議郎
三國志文帝紀 丕字子桓 武帝太子也 中平四年冬生於譙 建安十六年
為五官中郎將 副丞相 二十二年立為魏太子。正月太祖崩 嗣位為丞相魏王 建
安二十五年（即延康元年）十月漢獻帝禪位於魏 丕即帝位 即於是
年改元黃初。黃初七年崩於洛陽宮之嘉福殿。時年四十。

曹丕（一八七—二二六） 卒於魏黄初七年，年四十。 其為五官中郎將時
年二十四，即位時年三十四。

三國志文帝紀注引魏書曰帝初在東宫疫癘大起时人彫傷帝深
感歎與素所敬者大理王朗書曰生有七尺之形死惟一棺之土唯立
德揚名可以不朽其次莫如著論篇籍疫癘數起士人彫落余獨
何人能全其壽故論撰所著典論詩賦蓋百餘篇集諸儒於肅城
门内講論大義侃侃無倦。 胡沖吴曆曰帝以素書所著典論論
及詩賦餉孫權 又以紙一通與張昭。

按今典論存者論文一篇見文選自叙一篇見三國志文帝紀末注引。
典論自叙云 上雅好詩書文籍雖在軍旅手不釋卷每每定省從容
上常言人少好學則思專長則善忘長大而能勤學者唯吾與袁伯業耳
余是以少誦詩論及長而備歷五經四部史漢諸子百家之言靡不

畢覽云云 是典論自叙作于曹操未卒之前 故猶稱上 是其為太子时也

此时引證與王朗書知徐陳應劉已卒 是在建安二十二年後。

故典論之著作當在建安二十二年至二十五年。

三國志本紀又云 初帝好文学以著述為務 自所勤成垂百篇 又使諸儒撰集經傳隨類相從 凡千餘篇 號曰皇覽

孔融

字文舉 孔子二十世孙 漢魯國（治魯縣）今山東曲阜縣 至于耕以嘲戏 其文如難曹公表制酒禁書 其詩為離合詩之類 其六論為子女與父母無恩 其稱禰衡談笑自謂仲尼不死 謂衡顏回復生

王粲

字仲宣　山陽人　漢山陽郡故治今山东金鄉縣西北四十里

初征賦残見藝文類聚五十九　槐樹賦残見藝文類聚八十八　初学記二十八　征思賦佚　有思友賦残見藝文類聚三十四

## 徐幹

偉長　漢北海郡　山东舊青州府东部萊州府西部之地治劇營陵在今山东昌楽縣东南五十里　後漢徙治劇在今山东壽光縣东南三十一里　幹有齊都賦、西征賦、序征賦、哀别賦等均残、典論論文所云諸賦皆已佚

## 劉楨

公幹　漢东平國治無鹽在今山东东平縣东二十里

阮瑀

元瑜　漢陳留郡　治陳留今河南陳留縣治

應瑒

德璉　漢汝南郡　河南舊汝寧陳州及安徽潁州府治平輿在今河南汝南縣东南六十里

陳琳

孔璋　漢廣陵國　後漢廣陵郡治廣陵今江蘇江都縣东北

傅毅

後漢書本傳 毅字武仲扶風茂陵人也建初中(漢章帝)肅宗博召文學之士以毅為蘭臺令史拜郎中與班固賈逵共典校書……及竇憲遷大將軍復以毅為司馬班固為中護軍

享 後漢書光武紀上 昭祖宗之靈士人之力朕曷足以享斯哉 注享當也

# 编后记

本书共四编：第一编《汉诗补钞》，第二编《两汉魏晋古诗钞》，第三编《陶谢诗钞》，第四编《南北朝乐府》，另附录浦江清先生关于汉魏六朝诗歌的笔记资料三种。

《汉诗补钞》抄于一个专门簿本上，该簿本有『唱经楼和泰号制』字样。唱经楼，在民国南京南起鱼市街，北接丹凤街，当年铺子琳琅满目，抗战被毁。笔者同时注意到该部分字迹和后几编的字迹明显不同，这应该属于浦先生早期作品。其内容考订真伪者居多，这大概是浦先生抗战前为研究汉诗以及五言诗的演变所做的准备工作。只所以称为『补钞』，是因为这是钩沉《古诗源》《玉台新咏》等常见选本的未录作品，它们是浦先生从《史记》《汉书》《后汉书》《拾遗记》等史书、小说和笔记中辑录所得。例如本编从《后汉书》蔡琰本传中辑出骚体《悲愤诗》，前有题记：『共二首，《古诗源》录其一，今补录其第二首。』『玄云合兮翳月星，北风厉兮肃泠泠』句后，『胡笳动兮边马鸣，孤雁归兮声嘤嘤』句前有夹批：『忽用雅语间之，篇法宽然有余。』后有评：『与前一首伸缩各有其妙，由此知《十八拍》非必出文姬自为矣。』

其后《两汉魏晋古诗钞》《陶谢诗钞》《南北朝乐府》三编，则显然是浦先生为配合讲课而抄录的。第二编《古诗十九首》『明月皎夜光』篇后有铅笔字迹『1止』；『凛凛岁云暮』句『锦衾遗洛浦』，『洛』字之后有『2止』……左思《咏史》『习习笼中鸟』句『饮河期满腹』，『饮』字后『7止』；陶渊明《饮酒》『积善云有报』句『饥寒况当年』，『寒』字后『8止』……谢灵运《石壁精舍还湖中作》篇后『10止』；直到《木兰诗》末，亦有铅笔字迹『止』，所以这三部分属于同期连续之作，铅笔字迹的『止』估计是每次分发油印资料的止处。在书本稀缺的年代，老师为了配合讲课，会有油印讲义，更负责的老师还会油印些资料交给学生。这本《汉魏六朝诗钞》之二、三、四编便是浦江清先生在讲课中交给学生要课前或课后仔细阅读的资料。为了更好地理解这个抄本，我们需要了解浦先生讲解汉魏六朝诗歌的思路。所幸浦江清先生在清华大学、西南联大、北京大学多年的各种讲义留下不少，浦汉明和彭书麟老师参酌这些不同时期各个时段的讲义，经过多年细心整理，《中国文学史稿》先秦两汉卷、魏晋南北朝隋唐卷、宋元卷、明清卷，共四卷亦将一并奉献给读者，这本《汉魏六朝诗钞》和《元明散曲选》均是史稿出版之副，是首次与读者见面，希望有心读者相互参酌阅读。

我们根据《中国文学史稿》先秦两汉卷第五第六章，以及魏晋南北朝隋唐卷，可以大致窥得浦先生对于汉魏六朝诗歌的讲解脉络：

浦江清先生自1932年开始在清华大学讲授中国文学史，首先讲的就是先秦两汉段。他讲汉诗，从汉初盛行楚歌开始，首提项羽的《垓下歌》和高祖的《大风歌》《鸿鹄歌》。对于汉乐府，他重点讲解了《安世房中歌》，《郊祀歌》，《铙歌》之《战城南》《有所思》《临高台》《上邪》《巫山高》，《相和歌》之《江南》《鸡鸣》《长歌行》《相逢行》《长安有狭斜行》《陇西行》《善哉行》《西门行》《东门行》《妇病行》《孤儿行》，重点是《陌上桑》和《孔雀东南飞》。文人乐府重点讲蔡邕《饮马长城窟行》、辛延年《羽林郎》、宋子侯《董娇饶》。在《五言诗的起源及民间作品》一章，重点讲苏李诗，以及《古诗十九首》。

魏诗从建安文学的曹氏父子讲起。曹操气魄大，戎马之间往往有名篇，重点讲析《短歌行》；评曹丕《燕歌行》为七言之佳者；曹植诗以乐府为最好，例如《美女篇》《怨歌行》《吁嗟篇》，投赠之作中《赠白马王彪》尤为杰作。建安七子中陈琳有《饮马长城窟行》，王粲《七哀诗》，刘桢《赠徐干》《赠从弟》，蔡琰代表作是《悲愤诗》。正始诗歌主要是嵇康《述志诗》，阮籍《咏怀》。太康诗主要有陆机《拟古》，潘岳《悼亡诗》，左思《咏史》。东晋陶渊明，重点讲解《归园田居》；元嘉谢灵运，重点分析《登池上楼》《石壁精舍还湖中作》；鲍照杂言乐府最好，有《拟行路难》。

南朝乐府，讲《子夜歌》《懊侬歌》《华山畿》《读曲歌》，重点是《西洲曲》，北朝民歌重点讲《敕勒歌》《木兰诗》。新体诗，在浦先生笔下是唐律诗之过度，以谢朓、庾信成就为高。

根据以上思路，我们可以看出他重点讲解的《安世房中歌》《郊祀歌》《陌上桑》《孔雀东南飞》都没有在《汉诗补钞》中抄录。

所以本书第一编《汉诗补钞》并不是作讲课资料用的，而其后《两汉魏晋古诗钞》《陶谢诗钞》《南北朝乐府》三编则紧紧配合课堂，所录篇目均是《中国文学史稿》讲解重点，仅仅漏掉课上逐句讲解的曹植《赠白马王彪》。

本书附录了浦先生三种笔记资料：其一是关于诗定义的资料十九条；其二是《古诗十九首》的研究资料，以及《明月皎夜光》《西北有高楼》《行行重行行》三首注解；其三是《典论论文》几个文学人物的资料。《古诗十九首》，是浦江清先生研究最为着力的部分，这部分应该和《两汉魏晋古诗钞》中『古诗』部分合读，『古诗』部分最后有总结：『《昭明文选》古诗十九首，《玉台新咏》古诗八首、枚乘杂诗九首，合而去其重，得二十四首。』所以本目录作：『古诗十九首（外五首）』。

由《汉魏六朝诗钞》和《元明散曲选》我们可以窥见浦江清先生讲课和研究之余的功夫，也同时可以欣赏浦先生秀丽工致的书法艺术，藉之亦可推想那一代学人的治学门径，启发我们如何进入国学之门。另，我们单独出版这两个钞本也希望为汉魏六朝诗，以及元明散曲各贡献一个别有特色的选本。

2018年6月12日，6月20日改定

**图书在版编目（CIP）数据**

汉魏六朝诗钞 / 浦江清选. -- 北京：北京出版社，2018.10

ISBN 978-7-200-13891-7

Ⅰ.①汉… Ⅱ.①浦… Ⅲ.①古典诗歌—诗集—中国—汉代—魏晋南北朝时代 Ⅳ.① I222.73

中国版本图书馆 CIP 数据核字（2018）第 029912 号

总 策 划：安 东 高立志
责任编辑：高立志 邓雪梅
责任印制：宋 超 陈冬梅
封面设计：王 胜 赵向阳

汉魏六朝诗钞
HANWEI LIUCHAO SHICHAO
浦江清 选

出　　版　北京出版集团公司
　　　　　北京出版社
地　　址　北京北三环中路 6 号
邮　　编　100120
网　　址　www.bph.com.cn
总 发 行　北京出版集团公司
印　　刷　北京京华虎彩印刷有限公司
开　　本　889mm × 1194mm　1/16
印　　张　8.5
字　　数　80 千字
版 印 次　2018 年 10 月第 1 版　2018 年 10 月第 1 次印刷
书　　号　978-7-200-13891-7
定　　价　168.00 元